# DISCOURS

## PRONONCÉS
## DANS L'ACADÉMIE
### FRANÇOISE,

Le Lundi XIII Février M. DCC. LXXXVI;

### A LA RÉCEPTION

### DE M. LE COMTE DE GUIBERT.

I0551473

A L'IMMORTALITÉ

### A PARIS,

Chez Demonville, Imprimeur-Libraire de l'Académie
Françoise, rue Christine, aux Armes de Dombes.

M. DCC. LXXXVI.

A
L'IMMOR
TALITÉ

M. *le Comte* DE GUIBERT, *ayant été élu par Messieurs de l'Académie Françoise, à la place de* M. THOMAS, *y vint prendre séance le Lundi 13 Février 1786, & prononça le Discours qui suit.*

# MESSIEURS,

EN me rappelant cette noble devise, qui tout à la fois vous marque votre but & vous sert de présage ; en contemplant cette foule de grands Génies en tout genre qui ont répandu leur éclat sur l'Académie, j'ai toujours été alarmé de ce que vous aviez le droit d'exiger pour y être admis ; j'ai toujours frémi sur-tout, à la vue de cette loi, qui en imposant aux Candidats l'obligation de se présenter, commence par soumettre leur prétention à leur propre jugement, & finit quelquefois par faire évanouir de trop flatteuses espérances. Je n'avois garde, sans doute, de murmurer contre un joug sous lequel tant de triomphateurs ont courbé leurs lauriers ; mais il m'inspiroit une muette circonspection. J'aurois voulu m'en approcher, précédé du moins de quelques-uns de ces droits qui les y ont fait paſſer ſans crainte ; j'en attendois de l'avenir. Quel homme ne porte pas dans ſon cœur des eſpérances de ſuccès ? Vous m'avez encouragé ; l'amitié m'a tendu la main, l'indulgence a daigné m'accueillir. Sans doute, au défaut de grands talens, aimer les Lettres, honorer les principes des grands Maîtres, adorer leurs chef-d'œuvres, reconnoître que la perfection du langage eſt ce qui fait vivre les Ouvrages de Littérature ; ces ſentimens, dont je fais hautement profeſſion, vous ont paru en moi des titres recommandables : ſans doute auſſi, MESSIEURS, vous m'avez tenu quelque compte de cet amour pour la gloire que j'ai reſſenti dès mon enfance, & qui dans pluſieurs carrières à la fois m'a fait aſpirer à l'atteindre. Les paſſions nobles deviennent honorables par leur conſtance ; elles n'ont pas beſoin d'être couronnées par le ſuccès, pour obtenir quelque eſtime aux yeux des hommes.

Cette juſte défiance de moi-même a été bien augmentée dans cette circonſtance par mon reſpect pour le célèbre Académicien auquel j'ai l'honneur dangereux de ſuccéder : oui, MESSIEURS, l'honneur dangereux ; car lorſqu'une place a été occupée par un grand talent, lorſque le Public s'eſt accoutumé à la voir long-temps reſplendiſſante de gloire, il attend, il juge le Succeſſeur avec une ſorte de défaveur & même de ſévérité. L'objet de ſes hommages n'eſt plus, la ſtatue révérée a diſparu ; mais ſon piedeſtal reſte, & c'eſt ſa hauteur qui ſert de meſure à celui qui oſe y monter. Auſſi, MESSIEURS, toutes les fois que la mort vous enlève un grand Génie, entend-t-on le Public, avide de prolonger les témoignages de ſon admiration, avide ſur-tout de les prodiguer au mérite, quand il eſt deſcendu dans le tombeau, ſouhaiter que ſa place reſtât vacante juſqu'à ce qu'elle pût être occupée par un Génie égal. Si ce fouhait étoit accompli, je n'aurois pas aujourd'hui l'avantage de m'affeoir parmi vous. Eh ! quand les places de vos grands Hommes ne feroient pas toujours immédiatement remplies, quand elles attendroient quelquefois des talens dignes d'elles; ces vides facrés n'en rendroient l'Académie que plus augufte. Ainfi, dans un beau Temple antique, quelques parties d'Architecture incomplètes, quelques colonnes renverfées çà & là, ne font peut-être qu'ajouter à fa majefté : l'imagination s'y arrête avec refpeé; elle regrette ou recompofe ce qui manque, & l'édifice en acquiert un caractère plus folennel & plus grand.

De même que plufieurs d'entre vous, Messieurs, pour lefquels ce jour eft une cérémonie funèbre, je n'ai pas le malheur d'avoir à pleurer dans M. Thomas un ami particulier : mais l'eftime & l'admiration ont auffi leur douleur. Je le connoiffois beaucoup, je le rencontrois fouvent, je le recherchois toujours : je m'honore de l'amitié d'une des perfonnes du monde qu'il aimoit le plus, & la chaîne des affeélions tranfmet des contre-coups fenfibles. Enfin, qu'il me foit permis de me parer ici d'un fouvenir qui me flattera toute ma vie; il étoit un des Académiciens qui m'avoient le plus fouvent invité à me préfenter; & fi cette idée touchante de M. d'Alembert, que les Académiciens euffent, en mourant, le droit de donner leur voix, avoit eu fon exécution, je puis croire que M. Thomas, qui n'avoit jamais trahi la vérité, qui n'avoit jamais fait des témoignages de fon eftime une monnoie infidèle, m'auroit affuré ce legs honorable.

Je me hâte, Messieurs, de vous parler de lui feul : car vos regrets, je le fens, doivent plus vous occuper que ma reconnoiffance. Mais qui fuis-je pour louer dignement M. Thomas, au milieu de ces murs qu'il a fi fouvent fait retentir d'applaudiffemens, en préfence d'une Affemblée pénétrée d'eftime pour fa mémoire, devant des amis défolés, qui trouveront toujours mes expreffions au - deffous de leur perte ? Qui fuis - je pour le célébrer, comme Poëte & comme Orateur, à côté du talent qui va prendre la parole après moi, & qui, fous ces deux rapports, pourroit fi bien le juger & le peindre ! Oh fi l'ame tenoit lieu de facultés ! . . . . . Mon imagination mefure du moins toute l'étendue de la tâche qui lui eft impofée ; elle s'enflamme à fa vue ; l'Élyfée s'ouvre devant moi ; je me fens preffé par ces grands Hommes que M. Thomas a loués lui-même avec tant d'éclat : leurs Ombres reconnoiffantes m'environnent ; elles me crient : « Acquitte notre dette ; nous fom-» mes là pour nous plaindre ou pour t'applaudir ».

Ces beaux Eloges publics, qui ont jeté tant de luftre fur le commencement de la carrière de M. Thomas, fe lient, Messieurs, à une époque bien honorable pour vous : jufques - là vos Prix d'Eloquence n'avoient eu pour objet que des fujets de Morale rebattus, des queftions oifeufes, & quelquefois, à la honte des Lettres, des amplifications de flatterie, confacrées au pouvoir vivant ; vous conçûtes alors la noble & belle idée de les appliquer aux éloges des grands Hommes de la Nation, c'eft - à - dire, de vous faire le Tribunal de la Poftérité, de remettre fous les yeux de vos contemporains de grands exemples, de venger fouvent le génie & la vertu, des injuftices de leur fiècle, & d'élever des autels à des mânes illuftres qui erroient fans tombeau. Mais cette grande idée pouvoit, dans fon exécution, ne pas remplir votre attente, & perdre par-là de fon éclat. Ainfi, quelquefois l'intention d'un grand monument veut en vain donner l'immortalité à celui qu'elle honore : fi le talent de l'Artifte eft refté au - deffous du fujet, fi le génie n'a imprimé la vie à la matière, s'il n'y a pas appofé le fceau de l'éternité ; le monument folitaire & fans culte, devient prefque un outrage , & n'eſt bientôt plus qu'une ruine oubliée.

Il falloit donc, MESSIEURS, que les premiers hommages publics que vous décerniez honoraſſent votre inſtitution ; il falloit qu'il ſe préſentât , pour la remplir & pour mettre à côté de votre penſée des modèles durables, un homme doué d'une ame élevée & d'un grand talent ; amoureux de la vertu , & la faiſant reſpecter par ſa vie ; paſſionné pour la gloire, & brûlant de la louer , en attendant qu'il pût l'atteindre ; nourri par d'ex- cellentes études ; fortifié par des lectures immenſes , & pouvant par conſéquent n'être pas étranger aux différens genres de mé- rite & de profeſſion que vous alliez mettre ſur la ſcène : cet homme ſe trouva dans M. Thomas. Le choix des ſujets de ſes premiers Ouvrages annonçoit déjà une ame vouée aux idées nobles , & un eſprit ſans jeuneſſe : c'étoit un Poëme ſur la mort de Jumonville, une Epître ſur le Temps. Quand on débute par célébrer la gloire & par réfléchir ſur le temps , on donne à penſer que le reſte de ſa vie on cherchera l'une , & qu'on em- ployera l'autre. Il entra dans la lice que vous ouvriés; & cou- ronné cinq fois de ſuite, il fallut , pour rendre la parole & l'eſpérance à ſes rivaux , le faire aſſeoir parmi les juges.

Quelle richeſſe, MESSIEURS, quelle variété de tons, de couleurs, de formes, de connoiſſances dans ces cinq Eloges qui lui valurent vos couronnes! Quel Ecrivain, depuis Boſſuet , avoit loué des grands Hommes avec une manière auſſi propor- tionnée à eux? Quel homme avoit peint leurs actions avec tant de vérité , & leurs penſées avec tant de vraiſemblance ? Et pour parler d'un mérite que ne put pas avoir Boſſuet, ſoit parce qu'il lui étoit interdit par ſon ſaint miniſtere, ſoit auſſi parce que ſon ſiècle n'avoit ni ce genre d'eſprit, ni cet eſſor; quel Orateur mêla jamais à ſes diſcours, & tant de philoſophie , & tant de morale publique, & tant de grandes leçons pour

ceux qui gouvernent les hommes, ou qui dirigent leurs opinions ?

Entre ces cinq Eloges que vous avez couronnés, quel Ouvrage,
sur - tout que l'Eloge de Descartes ! quel superbe monument
élevé aux Sciences ! Jusques-là ces sujets sévères & abstraits sem-
bloient interdits à l'Eloquence. Qu'il fallut à M. Thomas &
d'art & d'esprit, qu'il eut besoin de posséder profondément son
sujet, pour allier avec succès des genres en quelque sorte ennemis, pour prêter des couleurs brillantes à des vérités froides,
pour associer des images à des faits, des comparaisons à des
calculs ; pour faire jaillir, du milieu de l'explication d'un sys-
tême aussi prodigieux, aussi compliqué, aussi universel que celui
de Descartes, tant de grandes idées qui appartiennent à l'Orateur, & qui cependant ne sont point étrangères au grand Homme
qu'il célébre ! A travers ce cahos de tourbillons, de soleils, de
mondes, d'immortelles vérités, ou d'erreurs sublimes encore,
quels heureux repos pour la pensée du Lecteur, quelles belles
masses de morale & de philosophie jetées par intervalle, que
ces morceaux sur l'éducation de Descartes, sur ses voyages,
sur la persécution qu'il essuya en Hollande, sur sa vie privée,
sur cette insatiable curiosité qui lui fit tout étudier, tout exa-
miner, tout connoître, pour arriver à douter & ensuite à
créer ! Comme M. Thomas agrandit, par tous ces détails
accessoires, le mérite principal de Descartes, & sur-tout l'idée
qu'on avoit de son génie ! comme il fait sentir que Descartes,
en étant tout ce qu'il fut, auroit pu être aussi tout ce qu'il
auroit voulu, si le hasard ou son choix lui eussent donné une
autre destinée ! comme il fait tour à tour estimer le caractère
de Descartes & aimer son cœur ! comme on jouit de son af-
fliction, quand il apprend la mort de son père & des tendres
& pieux remords qu'il éprouve de ne pas lui avoir fermé les
yeux !

yeux ! comme on pleure avec lui cette Francine, cette enfant, fruit d'une foibleffe qui la lui rendoit encore plus chere ! Defcartes, le grand Defcartes, abîmé dans fa douleur, au point que la Nature entière refta pendant quelques mois éclipfée pour lui, donne l'idée d'un Souverain qui, dans fon défefpoir, abdiqueroit l'Empire. Par-tout, dans cet Eloge, M. Thomas laiffe percer ce fentiment fi rare dans un Orateur, & qui l'unit d'une manière fi touchante à fon Héros, cet attrait perfonnel d'admiration & d'amour pour Defcartes. On fent qu'il loue celui dont il fe feroit fait le difciple & l'ami, s'il eût vécu de fon temps : enfin, au lieu que les talens ordinaires s'épuifent dans leur fujet, & n'arrivent vers la fin qu'avec des forces confumées, le génie de M. Thomas fe trouve encore trop à l'étroit dans ce bel Eloge ; il y ajoute, en forme de Notes, un fupplément peut-être fupérieur à l'Ouvrage même; & dans ce fupplément il prend une autre marche, un autre ton : il fe dépouille de tout l'appareil de fon éloquence, comme d'une force ou d'une parure fuperflue à fon talent ; il devient le rival de Fontenelle, il en prend la fimplicité, la fineffe, & l'ingénieufe clarté ; en forte que fi l'Académie des Sciences fe fût réunie à l'Académie Françoife, dans la penfée d'honorer auffi Defcartes par un Eloge public; M. Thomas, par un Ouvrage analogue à chacune d'elles, auroit pu remporter les deux couronnes.

Vous rappellerai-je, MESSIEURS, le jour où M. Thomas fut admis parmi vous ? Cette réception eut tout le caractère & tout l'éclat d'un triomphe; fes titres étoient vos jugemens, fes fuccès vos propres palmes. Les Sciences, la Magiftrature, l'Armée, la Flotte, toutes ces profeffions, fur lefquelles fon éloquence venoit de jeter un nouvel éclat, l'avoient unanimement recommandé à vos fuffrages. Il entra ici comme les anciens Vainqueurs montoient au Capitole, précédés de leurs

B

trophées, & aux acclamations de tous les ordres des Citoyens.

Vous rappellerai-je la belle fin de ce Difcours, cette pé-
roraifon peut-être inufitée, cette efpèce d'élan chevalerefque
( car tous les enthoufiafmes nobles doivent fe rapprocher dans
leurs formes ), par lequel il jura dans vos mains de fe dévouer
à jamais à la vérité & à la vertu? On ofa, dans le temps,
accufer ce mouvement d'emphafe & de faffe : mais quand un pa-
reil ferment n'étoit que l'expreffion de fes principes, quand il
en fit la colonne fur laquelle il s'appuya toujours, quand à fa
mort, il ne laiffe ni une action ni un Ecrit qu'on ne puiffe
placer à côté de ce ferment; chargé de l'honorable fonction
de faire fon éloge, je dois fans doute en retracer ici le fouvenir : appelé à lui fuccéder, je voudrois plus; je voudrois
avoir le droit de le renouveler pour moi-même, & de prononcer les mêmes paroles fur fon tombeau.

Affis parmi vous, MESSIEURS ; libre, car il avoit rompu tous
les liens qui l'enchaînoient à la fortune ; déjà célèbre par de
grands fuccès, M. Thomas pouvoit, comme tant de gens
qui, après avoir employé une partie de leur vie à fe faire connoître, en paffent le refte à fe faire oublier, aller porter dans
le tourbillon du monde ce qu'il avoit acquis de gloire, & la
diffiper en croyant en jouir : mais les vrais amis de la gloire,
ceux qui la regardent comme le bien fuprême, ne mettent de
prix à l'obtenir, que pour tâcher enfuite de l'accroître ; & fa
poffeffion bornée feroit bientôt à leurs yeux comme fi elle
n'exiftoit pas. M. Thomas va donc fe recueillir plus fouvent &
plus profondément dans la folitude ; l'étude va lui devenir plus
chère ; l'amitié, fi néceffaire aux grands talens, foit qu'elle les
confeille, foit qu'elle les confole, va plus que jamais devenir fa feconde paffion. Vous l'avez adopté, MESSIEURS ; & ce

Bienfait il le reconnoîtra en redoublant d'ardeur, en perfectionnant son talent, en veillant de plus près sur sa renommée, qui devient une partie de la vôtre. Quelques yeux avoient été fatigués de l'éclat de son style ; on lui avoit reproché trop de pompe dans ses expressions, un trop grand luxe d'images, trop de mots abstraits ou ambitieux, dans des morceaux d'éloquence qui n'exigeoient que de l'intérêt & du mouvement : ces défauts, peut-être quelquefois vrais, mais que l'envie a relevés avec complaisance, & que la médiocrité, qui reçoit souvent ses opinions de l'envie, a beaucoup exagérés, étoient l'excès de qualités rares ; ils tenoient à une grande élévation dans les idées & à une vigueur d'expression peu commune ; c'étoit la sève de sa jeunesse qui n'étoit pas encore calmée ; enfin, nous croyons pouvoir le dire à sa justification, ils étoient bien moins les siens, que ceux de plusieurs jeunes gens qui, frappés de ses succès, enchérissoient sur ses imperfections, en croyant imiter ses beautés. Ainsi, M. Thomas essuya l'injustice qu'ont éprouvée plusieurs grands Peintres, à qui la jalousie de leurs contemporains a prêté tous les vices de leur École. Quoi qu'il en soit, il s'examine sans doute, il se replie sur lui-même, il se rend plus sévère que ses ennemis, il ne répond aux critiques que comme le Génie doit toujours y répondre ; il est vrai que lui seul peut s'armer de cet éloquent silence, par des Ouvrages de plus en plus parfaits : grande leçon pour ces hommes inférieurs qui passent leur vie à défendre leur talent, au lieu de travailler à l'accroître, & qui ne sont indociles, que parce qu'ils touchent aux bornes de leurs facultés, & parce qu'ils sont aigris par le sentiment de leur impuissance.

On remarqua en effet, dans l'Essai sur les femmes, avec l'esprit & le jugement qui caractérisent toutes les productions de M. Thomas, une éloquence plus sobre & plus saine. Mais pourquoi cet excellent Ouvrage eut-il plutôt un succès d'estime que d'enthousiasme? C'est qu'il eut pour lui les hommes, dont le suffrage porte ordinairement l'empreinte tranquille de l'estime, & qu'il n'eut pas pour lui les femmes, dont le sentiment prend si aisément la couleur de l'enthousiasme: elles y trouverent le procès trop sérieusement instruit, & les femmes aiment mieux être senties que jugées. L'éloquent Citoyen de Genève avoit été quelquefois pour elles un censeur austère ; il leur avoit parlé avec encore plus de force de la sainteté de leurs devoirs : mais l'amour, qui tient tant de place dans la vie des femmes, en tient aussi tant dans Rousseau ; mais tant de passion, tant de culte, des souvenirs si vifs, un désordre si brûlant, règnent au milieu de ses préceptes ; elles y sentent si clairement qu'un coup-d'œil va égarer le Philosophe & mettre l'Aristarque a leurs pieds, qu'elles lui pardonnent tout, & qu'elles ne sont jamais tentées d'appeler de ses jugemens ni même de ses outrages. Dans M. Thomas, au contraire, elles voyent, elles sentent toujours un Sage qui a subjugué son cœur, & qui parle de leurs charmes même, sans regret, sans haine, & sans crainte : avec cela, toutes les femmes qui, revenues des passions ou s'étant élevées au dessus d'elles, seront plus avides de vérité que d'hommages, toutes celles dont le cœur satisfait repose dans le bonheur près d'un objet aimé, doivent goûter un Ecrivain qui rend justice à leur sexe par beaucoup de traits neufs & d'expressions heureuses ; qui dit, par exemple, en parlant d'humanité, que *les femmes ont sur-tout cette sensibilté d'instinct qui agit avant de raisonner, & qui a déjà secouru quand l'homme delibère :* à propos d'amitié, *qu'elles devinent le silence , qu'elles consolent plus doucement, qu'avec des instrumens plus fins elles manient plus aisément un cœur malade :* à propos de flatterie, *que celle des femmes est toujours légère & animée par le sentiment, que , même quand elle est outrée, elle n'est jamais vile, parce que*

*la grace & le motif la fauvent du mépris.* Elles reliront fouvent
un Ouvrage plein de raifon & de philofophie, qui, par la vertu,
l'amitié, & l'étude, veut répandre du calme fur la moitié de leur
vie, & du bonheur fur l'autre ; elles fe complairont enfin toujours
à l'éloquence d'ame & d'efprit avec laquelle il parle & des
femmes de Plutarque, & de celles de nos fiècles de chevalerie
& de gloire, & de celles de nos jours, qui font peut-être plus
féconds encore en modèles d'efprit, d'inftruction, & de grace, &
où il n'eft plus difficile de les citer, que parce que le goût, plus
éclairé & plus fouvent fatisfait, eft à la fois embarraffé de les
compter & de les choifir.

Mais un Ouvrage de M. Thomas qui ne laiffa perfonne en
fufpens, qui réunit les fuffrages de tous les amis du génie, de
l'humanité, & de la vertu, qui força même le vice & la médiocrité à fe parer d'une admiration hypocrite, ce fut l'Eloge
de Marc-Aurèle. Semblable au Péché, qui dans Milton fuit à
la vue de l'Ange de lumière, l'Envie, pour cette fois, fe détourna
en baiffant les yeux. Qu'eût-elle ofé critiquer ? Forme, morale,
ftyle, rien, dans cet Ouvrage, n'eft moderne ; on le prendroit pour
une belle traduction de l'antique ; on pourroit le croire récem-
ment découvert fous les ruines du Capitole : on y eft en
effet tranfporté dans Rome, on affifte à la pompe funèbre, on
la voit, on marche, on s'arrête avec elle. Quelle belle invention que tout le caractère dramatique donné à cet Eloge !
Comme c'eft en effet tantôt Appollonius qu'on croit entendre,
tantôt un Ecrit de Marc-Aurèle même qu'on croit lire ! Quelle
admirable adreffe de rappeler toutes les grandes actions de ce
Prince par des Députés de toutes les Nations qui ont été témoins
de fa gloire ou de fa bienfaifance ! Et chacun de ces Députés,
comme il eft peint ! Comme le Germain, l'Efpagnol, l'Africain,
l'habitant de l'Afie, ont chacun leur coftume & leur phyfionomie !

Que ces hommages arrivans de toutes les régions du Monde,
apportés même par des Peuples barbares, donnent une grande idée
de l'Empire Romain, & une plus grande encore de l'ame de
Marc-Aurèle, qui, comme le Soleil ou comme la Providence, pouvoit embrasser tant d'espace & suffire à tant d'intérêts ! Et ce
beau groupe de la femme & des enfans de Cassius, qui viennent
pleurer leur bienfaiteur dans Marc-Aurèle, contre lequel Cassius
avoit conspiré ! Et parmi les principaux Officiers de l'armée,
le vertueux Pertinax, l'œil morne & humide, appuyé sur son
bouclier, & frappé déjà, dans ses pressentimens, des malheurs
de l'Empire, & peut-être des siens ! Mais sur le devant de la
scène, rappelez-vous sur-tout, MESSIEURS, la figure principale
de cette grande composition, l'exécrable Commode. Sa conte-
nance est à la fois farouche & impie : seul il ne pleure pas ;
il ne dit qu'un mot à Apollonius, & ce mot dévoile son ame.
Il écoute avec impatience ; il a supporté malgré lui les conseils
du Philosophe au nom de son père ; il s'indigne quand Apollonius ose lui parler au sien ; & « tout à coup (dit M. Thomas, complétant ainsi avec quelques touches un tableau qui ne
sort plus de la pensée) » il agite sa lance d'une manière ter-
» rible : tous les Romains pâlissent, Apollonius se tait & se
» voile le visage. La pompe funèbre reprend sa marche, &
» Rome sent en un moment que Marc-Aurèle tout entier est
» descendu dans la tombe ».

On a reproché à M. Thomas d'éxagérer toujours la grandeur
de ses Héros : cela est vrai peut-être ; mais ce qui seroit certai-
nement un défaut dans un Historien, en est-il un également dans
un Orateur ? Les éloges publics ayant à la fois pour objet d'honorer les grands Hommes & d'en faire naître ; l'art de l'Orateur
ne doit-il pas être, dans ce genre d'Ouvrage, de faire ressortir avec
éclat leurs qualités, & de jeter un voile adroit sur leurs dé-

fauts ? Ne doit-il pas faire comme ces grand Artiftes qui , pour
perpétuer des images de perfection & pour empêcher la dégéné-
ration de l'Art, ne nous tranfmettent que des formes accomplies
& une nature prefque divine ? Ah ! parmi les contemporains
de tous les grands Hommes, l'Envie ne réfifte déjà que trop à
l'admiration; elle ne fe plaît que trop à tâcher de les dégrader &
d'affoiblir leur éclat par des parallèle ou par des contraftes ! Ah! c'eft
affez fans doute que l'inexorable Hiftoire ait l'autorité de pefer leur
mérite & d'analyfer leur gloire ; il faut du moins qu'un feul jour
ils foient loués avec abandon, & c'eft à l'Eloquence à leur rendre
ce dernier devoir. Oui , l'Eloquence peut ce jour-là, fans baffeffe,
fe laiffer aller à fon enthoufiafme, & embellir, fans être accufée
d'impofture; elle a le droit, en s'emparant de ces reftes précieux,
de les montrer à l'Univers avec oftentation, & d'agrandir encore ce qu'elle veut offrir pour modèle. Enfin l'Eloquence, qui
n'eft que trop fouvent de la flatterie quand elle loue les vivans,
ne reffemble plus qu'à la gloire, quand, touchante & fublime,
elle defcend ainfi du Ciel pour couronner un tombeau.

M. Thomas mit le comble à tant de fuccès oratoires par un
Ouvrage fur les Eloges, qui reftera à jamais un des plus précieux
morceaux de notre Littérature. Dans cet Ouvrage , quelle foule
de beautés qu'une analyfe auffi rapide que celle-ci ne peut feule-
ment indiquer ! Les unes qui naiffent de la magie du ftyle, les autres
qui font produites par la profondeur de la penfée , beaucoup de
fi imprévues , que pour un talent ordinaire elles n'auroient jamais
appartenu au fujet; tandis que l'imagination & l'efprit de M.
Thomas les y attachent par des rapports qui ont à la fois le
mérite de la jufteffe & celui de la création. Quelle prodigieufe
érudition , & que cette érudition eft heureufement fondue ! Elle
enrichit toujours, & elle ne retarde, n'obfcurcit, ne fatigue jamais ;
c'eft un fleuve pur & limpide, qui répète fans ceffe de beaux payfa-

ges, & qui roule de l'or dans ſes ondes : & cet Ouvrage, que M. Thomas auroit pu intituler l'Hiſtoire de l'Eloquence, & que le Public en auroit nommé l'Ecole, il lui donna le titre ſimple d'Eſſai : car le mérite aime toujours mieux aller en ſilence au delà du but, que d'annoncer faſtueuſement la carrière qu'il veut remplir.

Voilà, Messieurs, ce que le Public connoît de M. Thomas : il me reſte à l'inſtruire de ſes pertes. Il compoſoit un Poëme ſur Pierre le Grand, & ſix Chants de ce Poëme, qui devoit en avoir vingt-quatre, ſont preſque terminés. J'ai quelquefois entendu blâmer le choix de ce ſujet ; car la Critique eſt impatiente de jouir, & dévore même ce qu'elle ne connoît pas : mais M. Thomas, voulant prendre ſon ſujet dans l'Hiſtoire moderne, & n'ayant par conſéquent ni la reſſource du merveilleux, ni celle de la Mythologie, pouvoit-il mieux faire que de chercher, aux extrémités de l'Europe, une Nation & un Héros ſortant preſque des mains de la Nature ? Il s'ouvroit par-là un champ fécond en tableaux & en contraſtes, en événemens & en paſſions ; tout, dans ce ſujet, étoit hardi & favorable, ce qui pour un grand talent ſe concilie toujours, juſqu'à la férocité du Héros, juſqu'à ſon deſpotiſme ſauvage, juſqu'à ce mélange de lumières avec des mœurs incultes, & ces éclairs de philoſophie dans l'ame d'un Gengiſkan. Je n'ai entendu que quatre Chants de cet Ouvrage, & il m'en eſt reſté une impreſſion profonde. Notre ſiècle n'offroit peut-être point de ſpectacle plus intéreſſant que celui d'un jeune Souverain à demi barbare, s'arrachant aux ténèbres qui l'environnent, & allant lui même dérober aux autres Peuples le flambeau des Arts, pour revenir le ſecouer ſur ſa Nation engourdie. Mais comme le génie de M. Thomas s'eſt emparé de cette grande époque de la vie de ſon Héros ! Il lui fait parcourir les pays qu'il a vus & ceux qu'il n'a pas vus ; c'eſt le droit du Poète ; il avance ou il retarde quelquefois de pluſieurs années de grands

événemens

Événemens : il fufpend la mort de quelques hommes célèbres, pour les faire paffer fous les yeux de fon voyageur ; c'eft encore une hardieffe permife au Poëte. Et que nous importent aujourd'hui les licences chronologiques d'Homère, de Virgile, ou même celles du Taffe, qui, par rapport à eux, eft prefque notre contemporain ? Ainfi, dans un premier voyage en France, Pierre trouve Louis XIV au comble de fa gloire, & l'Europe en filence devant fes armes : il voit ces fêtes mémorables, ces carroufels héroïques qui rempliffoient encore fes délaffemens d'images de guerre & de triomphes, Verfailles tout brillant de la fraîcheur de fa création, Paris s'embelliffant, comme Salente, fous la baguette d'Idomenée. C'eft à une partie de chaffe, où Pierre affifte fans être connu, & où il tue de fa main un fanglier qui, comme celui d'Erimanthe, répandoit autour de lui la mort & la terreur, que le Monarque François devine le Héros du Nord ; c'eft enfuite à la cérémonie de fon Audience publique, dans la galerie de Verfailles, qu'il lui montre ou lui préfente, en lui faifant le portrait de chacun d'eux, ces grands Hommes en tout genre qui fe preffent autour de fes regards, & qui rappellent ce beau cercle de demi-Dieux peints par Homère autour du Souverain du Ciel. Dans un autre Chant, le Czar fait un fecond voyage en France, & tout a changé. Ce n'eft plus Louis XIV environné de tous ces grands inftrumens de fa gloire & fier d'une famille floriffante, c'eft Louis XIV prefque feul dans fon Palais, & ne pouvant plus s'appuyer que fur le berceau d'un enfant ; c'eft Louis XIV après la paix d'Utrecht, & dont l'étoile à pâli, mais dont l'ame a réfifté ; c'eft Louis XIV en cheveux blancs & inftruit par l'adverfité, qui lui raconte fes revers, comme il lui a raconté fes profpérités. Il avoue fes mauvais choix, il déplore fes erreurs, il donne au Czar la grande leçon de l'orgueil corrigé, & d'un caractère fupérieur à la fortune.

C

Mais dans le Chant du voyage du Czar en Angleterre, quelle plus belle invention encore ! Pierre vient descendre à l'entrée de la Tamise : la Liberté se présente à lui ; elle a reconnu le despote , & elle a reculé d'horreur. Enfin elle s'avance, car la Liberté hait le Despotisme sans en être intimidé ; elle prend le Czar par la main : « Viens voir mon ouvrage, lui dit-elle, admire, & réfléchis ». Et c'est elle alors qui le conduit par-tout, qui l'accompagne, qui l'instruit, qui lui montre de tous côtés le spectacle intéressant de la fécondité, de la force, & de la richesse ; c'est elle qui le ramène au rivage ; & le Czar enivré d'admiration soupire en la quittant, & se courbe devant elle avec attendrissement.

On a souvent loué le Camoëns de la grande idée de ce fantôme qui veut défendre à Gama le passage du Cap, & qui est le Génie de l'Océan Indien : l'invention de M. Thomas, l'intérêt dont elle anime tout ce beau Chant, les grandes vérités qu'elle y mêle sans cesse à de grands tableaux, me semblent mille fois préférables. La pensée de M. Thomas me paroît à celle du Camoëns, ce qu'est l'Apollon du belvedère à la fable du mont Athos taillé en statue.

M. Thomas n'avoit à craindre, dans ce beau sujet, que son étendue même , que la richesse de son imagination, que la quantité prodigieuse de connoissances qui le dominoient tellement, qu'il les y faisoit entrer toutes malgré lui. Tout ce qui est du ressort de l'esprit humain y auroit pris place, & je ne sais ce qui en seroit résulté pour l'effet total. Mais gardons-nous de douter de ce qu'auroit pu faire un homme d'un aussi grand talent que M. Thomas, qui avoit attaché sa gloire à ce Poëme, qui avoit déjà refait les mêmes Chants plusieurs fois, & qui, à l'heureuse faculté de produire, joignoit le don plus rare de se juger avec modestie, & de se corriger avec scrupule. Helas !

je ne repousserai point ici un souvenir qui vient remplir ma pensée. L'année dernière, à la même époque qu'à présent, il me lisoit ces beaux Chants, & je le suppliois, au nom de sa gloire, de resserrer son sujet ; je lui représentois l'incertitude & la brieveté de la vie. Qui m'eût dit que la sienne touchoit à son terme ? Lui, par la force de son imagination, ne voyoit que la Postérité, & sembloit avoir la conviction secrète de faire reculer devant son talent les bornes de la Nature.

M. Thomas avoit formé le plan d'un autre Ouvrage sur le génie des Peuples à toutes les grandes époques de leur existence ; & personne n'étoit plus propre que lui à remplir ce beau sujet, par la profonde méditation qu'il avoit faite de l'Histoire, & par la saine philosophie qu'il y auroit répandue. On y eût retrouvé souvent le pinceau de Tacite & l'ame de Demosthène. De grands morceaux sur le passé, ou des élans de génie sur l'avenir, étoient plus faits pour M. Thomas, que des Histoires contemporaines : cette ame pure se mêloit trop peu avec les hommes de son temps. Il eût toujours ignoré tant de petites passions, tant de vices sans énergie, tant d'intrigues obscures, qui forment la plus grande partie de nos ressorts modernes.

Doué de cet esprit de philosophie & d'analyse, qui ne peut cultiver un Art sans l'approfondir, & occupé depuis dix ans d'un grand Poëme, il étoit impossible que M. Thomas ne laissât dans la théorie de cette belle branche de Littérature, quelques traces de son passage. En effet, peu de temps avant sa mort, respirant l'air pur de nos Provinces méridionales, l'imagination échauffée par le soleil, par le climat, par ces beaux paysages qu'un ciel plus transparent embellit encore, il a composé un Essai sur le langage poëtique : & dans le style modeste de M. Thomas, on sait ce qu'on doit attendre de ce titre fimple d'Effai. Ainfi que dans l'antiquité, les armes, les trophées, tous les reftes précieux d'un Héros étoient foigneufement apportés fur fa tombe ; l'amitié religieufe dépofera fans doute fur celle de M. Thomas tout ce qu'elle pourra recueillir de lui. Mais, MESSIEURS, je me crois dans ce moment le droit d'avancer fa gloire & vos jouiffances, en vous annonçant que, quoique cet Ouvrage n'eût pas encore reçu la dernière touche du Maître, il eft plein de morceaux du premier genre. Je vous citerai, entre autres, un tableau admirable de la Poëfie Angloife, un Eloge ou plutôt un Hymne à Milton, car jamais l'enthoufiafme ne m'a paru élever l'Eloquence à une fi grande hauteur. Je vous citerai avec plus de plaifir encore, parce que cela doit intéreffer la Nation & l'Académie, un morceau fur l'Hiftorien moderne de la Nature, & fur l'influence que fon ftyle a eue fur notre Poëfie, morceau d'une compofition plus fage & plus tranquille que celui de Milton, & que de la magnificence fans fafte, de la grandeur fans enflure, de l'imagination fans menfonge, affortiffent toujours à l'immortel Ecrivain qui en eft le fujet. Je vous citerai, & cette citation, heureufe pour moi dans la circonftance actuelle, fera en même tems l'expreffion de mon fentiment, un morceau où il rend une juftice éclatante à l'Auteur du Poëme des Saifons, en regardant ce Poëme, foit par la création & la conduite du plan, foit par la philofophie qui y eft répandue, foit par l'heureufe invention de ces épifodes, qui, mêlant fans ceffe l'homme au payfage, en animent ou en terminent avec tant d'intérêt tous les tableaux, foit par cette foule de vers ingénieux ou fenfibles qui rempliffent aujourd'hui la mémoire de tous les efprits délicats & de tous les cœurs aimans, comme un des Ouvrages de ce fiècle qui honorera le plus notre Langue & notre Poëfie.

Que j'aime, Messieurs, à rapporter ces fragmens des jugemens de M. Thomas sur ses contemporains, consignés dans un Ecrit qui respire la vérité & la justice, & qui, par un de ces pressentimens que la raison ne doit peut-être ni rejeter ni croire, est quelquefois empreint d'une mélancolie si profonde, qu'il en prend le caractère d'un de ces saints & derniers épanchemens de la volonté humaine ! Que c'est un spectacle intéressant de voir ainsi un grand talent, tantôt prosterné devant un Génie dont les années ont consacré la gloire, tantôt honorant sans envie celui qui marche son égal ! Que cette déférence ou cette fraternité qui lieroit tous les Gens de Lettres l'un à l'autre, ou par une sorte de culte, ou par un sentiment d'estime, au-roit quelque chose de noble ou de touchant ! que leur con-fédération seroit alors puissante ! qu'il seroit beau de les voir se récompenser mutuellement par leurs propres suffrages, & s'affranchissant par-là des jugemens incertains ou précipités du Public, se tenir d'avance lieu de la Postérité !

Enfin, Messieurs, pour que l'imagination mesure librement toute la perte que vous venez de faire ; car qui peut calculer ou prévoir ce qu'auroit produit un homme d'un grand talent, tra-vaillant toujours pour la gloire ? je rappellerai seulement que M. Thomas vous est enlevé dans la force de son âge, & au moment où sa santé, jusques-là si délicate, paroissant raffer-mie, alloit doubler son temps & ses facultés. Qu'un arbre, après avoir fleuri cent printemps, après avoir répandu ses fruits sur la terre cent automnes, frappé de stérilité par le temps, tombe & disparoisse ; il a rempli sa destinée, il subit à son terme l'inévitable loi : mais un arbre plein de sève, poussant chaque année de nouveaux rameaux, & devant être encore long-temps la richesse & la parure des campagnes, est-il soudain renversé par la foudre ? Faunes, Bergers, Habitans, tout accourt, tout gémit, & le tronc mutilé, devenu religieux, eſt long-temps couvert de libations & arroſé de pleurs.

C'eſt en effet un coup de foudre, MESSIEURS, c'eſt une maladie violente qui vous a enlevé M. Thomas. Sa frêle conſtitution ſembloit devoir le garantir de ces grands orages de la Nature, qui paroiſſent réſervés aux ſantés robuſtes. Mais la Nature, en détruiſant comme en créant, ſe joue des conjeĉtures des hommes. Je ſuis entraîné, malgré moi, à vous parler de cette dernière ſcène de ſa vie. Tant que la force & la raiſon lui reſtent, il eſt plein de ſérénité & de calme ; il s'avance vers ſa fin, appuyé ſur les idées conſolantes de Dieu & de l'immortalité. Quand ſes yeux ſe voilent, quand ſes facultés ſe troublent, quand il tombe dans ce délire effrayant qui accompagne la diſſolution de tout ; ce délire, où l'ame ſe montre quelquefois toute nue, où les remords s'emparent ſi ſouvent de leur victime, n'eſt pour lui qu'un ſonge paiſible où s'empreignent toutes les douces ou belles paſſions de ſon cœur : il nomme ſes amis, il en appelle un ſur-tout, il répète pluſieurs fois ce vers ;

*De vie & de bonheur chargez l'air qu'il reſpire :*

& ce vers eſt d'une Epître que cet ami venoit de lui conſacrer, ce vers exprime un des vœux, ſi cruellement trompés, qu'il avoit élevés vers le Ciel en ſe ſéparant de lui. Touchante anecdote, & qui doit, au ſein de leurs affeĉtions les plus heureuſes, faire friſſonner tous les cœurs ſenſibles ! M. Thomas vole au ſecours de ſon ami ; à peine jouit-il de l'avoir ſauvé, que la mort le frappe lui-même au milieu de ſa joie : ſon ami n'a recouvré la vie que pour le pleurer ; & cette Epître qu'il avoit compoſée dans l'effuſion de ſa reconnoiſſance, devient une complainte funèbre qu'il va prononcer ſur ſon tombeau.

Mais avant de m'éloigner de cette ſcène de douleur, il faut

que j'acquitte & la dette de M. Thomas, & la vôtre, & celle de tous les amis des Lettres & de la vertu, envers l'hôte généreux chez lequel il a terminé ſes jours. Je croirois offenſer un Prélat voué par état & par penchant à la bienfaiſance & à l'hoſpitalité, ſi je le louois d'avoir rempli envers un homme celèbre, & qui tenoit à lui par les liens de la confraternité littéraire, un devoir qu'il eût ſans doute également pratiqué envers un étranger inconnu & malheureux. Mais toutes les vertus s'embelliſſent encore par la manière dont elles ſont exercées; mais celles d'un homme éclairé reçoivent de ſes lumières un caractère & des formes qui ajoutent à leur charme. Ainſi, la ſenſibilité profonde qu'il a marquée, la piété, à la fois délicate & courageuſe, par laquelle il a conſolé ſes derniers mòmens; les larmes qu'il n'a pas cru que la ſévérité du Sacerdoce défendît d'accorder au talent & à la gloire; le marbre religieux & ſenſible dont il honore ſa cendre, méritent que je lui adreſſe ici des remercîmens publics. Maſſillon & Fléchier euſſent fait comme lui; mais il eſt beau de marcher ſur leurs traces, & quand on les rappelle par ſon éloquence, de faire auſſi ſouvenir d'eux par ſes actions.

Qu'on devient fier de cultiver les Lettres, MESSIEURS! que le cœur reſpire à l'aiſe, quand on peut oppoſer aux calomnies, tant de fois répandues ſur elles, un homme dont l'eſprit, le talent, les Ouvrages ne compoſent qu'une partie de ce qui l'honore, & dont mille vertus peuvent couronner l'éloge! Comment rendrai-je donc aſſez d'hommages à la vie ſans tache de M. Thomas, à ſes mœurs toujours conformes à la beauté de ſa morale, à ce caractère élevé qui ne ſe démentit jamais, à ce reſpect pour l'ordre, qui en même temps ne dégénéra point en ſervitude, & n'encenſa jamais ni les préjugés ni les abus; à cet amour de la paix, qui eſt peut-être

la vraie Philofophie, & qui l'empêcha conftamment de s'engager ni dans aucun parti, ni dans aucune querelle d'opinion :
fans doute auffi parce qu'il avoit réfléchi que l'efprit de parti
égare bientôt le jugement, & que les opinions foutenues avec
éclat finiffent toujours par manquer de mefure ou de juftice ?
Homme excellent fous tous les rapports & dans toute l'étendue
de ce mot univerfel, en louant tes vertus connues, je ne te
rends encore qu'une partie de ce qui t'eft dû ! Je voudrois
que, comme dans l'Eloge de Marc-Aurèle, tes amis, tes pa-
rens, tout ce qui eut avec toi quelque relation, eût le droit
de venir ici révéler, & tant de mouvemens intimes, & tant
de nuances précieufes de ta belle ame. Je ne touche à ton
image qu'en tremblant ; je crains d'affoiblir ce que je connois,
je regrette ce que j'ignore. Que de traits cachés par fa modeftie,
ou perdus dans la folitude où il vivoit ! Une femme de fes
amies, que l'ingénieufe fineffe de l'obfervation fuivante & la
pureté du fentiment qu'elle renferme, ne manqueront pas de
faire nommer, me parloit, il y a quelque temps, de la vigi-
lance continuelle de M. Thomas fur fes défauts. « Par exemple,
» me difoit-elle, il aimoit trop la gloire pour n'être pas quel-
» quefois agité par les fuccès des autres ; mais je ne furprenois
» cette belle foibleffe de fon ame, que par l'excès des éloges
» dont il accabloit alors fes heureux rivaux. Il en étoit de même
» de toutes les imperfections qu'il pouvoit avoir ; elles lui fai-
» foient toujours embraffer avec exagération les qualités oppofées :
» en forte que je ne me fuis jamais apperçu de fes défauts que par
» fes vertus ».

Tout homme porte en lui des principes domihans qui ne
l'abandonnent jamais ; ce font eux qui le dirigent, qui animent fes difcours, qui fe peignent dans fes mouvemens, qui
percent dans fes Ecrits ; ce font nos ombres fidèles ; ce font
là

là vraiment nos bons ou nos mauvais Génies. M. Thomas eut les siens, & je les vois sans cesse à côté de lui : ce fut d'abord, & au premier rang, l'amour de la vertu ; elle règne dans tous ses Ouvrages, elle y met toujours son empreinte ou son parfum. Le talent sans vertu prend quelquefois cette forme hypocrite ; mais si on lit avec attention ce qu'il écrit, l'effort décèle bientôt le mensonge, & le masque s'évanouit.

La seconde passion de M. Thomas fut l'amour de la gloire ; ce fut elle qui le rendit ennemi du tumulte & ami de la retraite ; ce fut elle qui, plaçant toujours devant ses yeux le colosse imposant de la Postérité, lui rendit si indifférens, & les succès de société, & ces jugemens d'un jour, & ces louanges de parti, qui n'arrivent jamais à la génération suivante ; ce fut par elle qu'il ne répondit jamais à aucune critique, & qu'il s'abaissa encore moins à critiquer les autres. Le temps & la vérité lui parurent toujours devoir mettre tout à sa place ; il sembloit croire aussi que les Gens de Lettres ont, ainsi que les Magistrats, une sorte de dignité qui se conserve mieux loin du monde, & que, semblables aux éclairs, qui sont plus imposans quand ils fendent le sein d'un nuage, leurs Ouvrages frapperoient davantage s'ils sortoient du mystère & du silence de la solitude.

Qu'on oppose à ce portrait de M. Thomas, brûlant de l'amour de la gloire & ayant disposé toute sa vie pour elle, le tableau de l'Homme de Lettres qui n'aspire qu'aux jouissances momentanées de la réputation. Celui-ci sacrifie toujours la durée à l'éclat, & la vérité à l'effet ; il produit sans cesse, parce qu'il veut continuellement entretenir le Public de lui, & rien ne mûrit dans ses mains, parce qu'il est dévoré de l'impatience de cueillir : toujours inquiet, toujours ombrageux, il passe sa vie à écouter autour de lui le bruit qu'il croit faire ; il assigne des règles, il distingue

D

les genres ; il pofe les limites ; & il oublie que le Génie franchit quelquefois avec bonheur ces barrières importunes. Il pâlit des fuccès , & il les analyfe pour les réduire au niveau des fiens. L'infortuné ! comme s'il ne pouvoit exifter de mérite qu'à fes dépens ; comme fi la carrière de la gloire n'étoit pas une patrie commune , un champ inépuifable , où les moiffons peuvent fans relâche fuccéder aux moiffons ! comme s'il n'étoit pas plus beau de s'élever au milieu de rivaux qu'on honore , que de planer fur la médiocrité , & de dominer dans un défert !

Enfin , M. Thomas n'eft plus , MESSIEURS ; mais fi quelque chofe peut vous rendre un jour des hommes qui lui reffemblent , fi quelque chofe peut réparer dans l'avenir les grands défaftres qu'éprouve depuis quelque temps notre Littérature ; c'eft ce culte de la gloire auquel il fut fi fidèle. Eh ! qui plus que vous doit s'occuper de le ranimer & de l'étendre ? L'Académie n'eft-elle pas un de fes Temples ? le dépôt de ce feu facré ne vous eft-il pas en partie confié ? Vous avez été formés fous fes aufpices : la plus belle époque de votre Hiftoire , celle où tant de grands Hommes rempliffoient vos places ou les follicitoient, eft liée aux jours les plus glorieux de la France. Si la Langue Françoife règne en Europe , la gloire de la Nation a influé fur fes fuccès. Vous êtes le Tribunal de la Poëfie & de l'Eloquence : & que deviendroient la Poëfie & l'Eloquence chez un Peuple où les idées élevées ne paroîtroient plus que gigantefques, où la froide analyfe auroit pris la place de l'imagination , & où , fous prétexte de fe rapprocher de la raifon, de la vérité , & de la nature , la gloire auroit perdu fes autels ?

Ah ! ne croyez pas , MESSIEURS , qu'aveuglé par d'ambitieufes illufions, ou par la paffion d'une Science que je cultive, je n'appelle gloire que celle qu'on pourfuit la flamme & le fer à la main , à travers les gémiffemens de l'humanité : j'en-

tends par l'amour de la gloire , dans une Nation , cette émulation générale qui se répand depuis le Trône jusques dans
toutes les classes de la Société , qui anime tous les Arts , qui
relève toutes les professions : car toutes tiennent à la gloire
d'une Nation , soit par des rapports de grandeur , soit par des
rapports d'utilité publique. Quand une fois cet élément de vie ,
ce germe précieux, circulent dans toutes les branches du Corps
politique ; alors tout fermente , tout prend du mouvement :
chacun tend à se distinguer dans ce qu'il fait ou dans ce qui
lui est confié ; les classes supérieures , les Beaux-Arts , les professions libres , en pensant à la gloire ; les classes inférieures ,
les Arts mécaniques, en pensant à un but de perfection, qui
devient aussi un genre de gloire pour les Citoyens obscurs qui
l'atteignent : il n'émane plus du Trône même que des idées
nobles ou bienfaisantes ; cet esprit se communique aux Admi-
nistrateurs ; ils ont toujours devant leurs yeux le Peuple qui
souffre ou qui est heureux par eux , & l'Histoire qui les juge :
l'amour du bien les accompagne dans leur retraite ; ils se rat-
tachent, par la méditation, à la chose publique qui leur échappe ;
& s'ils ont conçu de grands projets, ils les consignent dans d'im-
mortels Ecrits, & en font un legs à la Postérité.

Peut-être y aura-t-il un jour sur le globe, & l'Amérique semble
devoir offrir ce phénomène, des pays où la raison perfectionnée,
des lumières supérieures aux nôtres , la possibilité de paix durables , les principes républicains , rendront l'amour de la gloire
ou moins nécessaire, ou même dangereux peut-être : mais notre
vieux Continent a besoin de ce prestige, & si nous cherchions
à l'en bannir, nous n'en deviendrions que plus corrompus , &
nous perdrions en même temps tout ce que nous avons d'éclat.

Les honneurs rendus par les Lettres & par les Arts aux hommes qui méritent l'admiration ou la reconnoissance publique ;

voilà quelle eſt aujourd'hui parmi nous l'expreſſion & la récompenſe de la gloire. Veillez, MESSIEURS, ſur la diſpenſation de ces hommages ; que le talent, que le marbre, que l'airain, ne ſoient jamais proſtitués à vouloir immortaliſer le pouvoir ſans vertu ou le bonheur ſans mérite ; recevez les ordres de la Poſtérité, qui ſeule a le droit d'élever des ſtatues ou de décerner des éloges : mais avertiſſez le Public, qui quelquefois ſe méprend, qui ſouvent exagère, qui, depuis quelque temps, égaré par la diſette des grands Modèles, embraſſe avec tranſport tout ce qui a une apparence de ſuccès ou un moment d'éclat ; rappelez-lui qu'en prodiguant indifféremment & la même eſpèce & la même meſure d'applaudiſſemens à ce qui eſt bon ou à ce qui eſt médiocre, à ce qui eſt vertueux ou à ce qui eſt ſimplement honnête, à ce qui eſt réellement grand ou à ce qui ne l'eſt que de convention, à ce qui eſt utile ou à ce qui l'amuſe ; il confond toutes les nuances, tous les degrés, & affoiblit lui-même l'honorable éclat de ſes ſuffrages. Enfin, MESSIEURS, en rendant la louange plus juſte & par conſéquent plus rare, en la voilant toujours de grace ou de délicateſſe, faites-la reſpecter par ceux même auxquels on la donne ; faites que les Princes l'aiment & la déſirent : car ſi la flatterie les a dégoûtés de la louange, quels ſeront leurs liens envers nous, & que reſte-t il à notre diſpoſition, que l'hommage ou le ſilence ?

Je ne crois pas, MESSIEURS, m'écarter de ces principes, & je ſuis ſûr que vous ne me déſavouerez pas, quand, après plus d'un ſiècle, je viens louer encore ce grand Génie à qui vous devez votre établiſſement. L'Hiſtoire a le droit de blâmer quelquefois ſa politique, & ſouvent ſes moyens ; mais l'Eloquence ſe complaira toujours à retracer ce caractere impoſant, cette ame ardente pour pluſieurs genres de gloire ; & la Philoſophie, qui ne mériteroit plus ce nom ſi elle ju-

geoit avec la paſſion de la haîne , doit mêler quelque indulgence à ſa condamnation , en réfléchiſſant à l'eſprit de ſon
temps & aux circonſtances qui l'environnèrent.

Je louerai avec plus de penchant ce Roi qui , par lui-même
ou par les grands Hommes qu'il fit naître ou qu'il employa ,
ce qui a plus d'analogie qu'on ne penſe , a donné ſon nom à
tout un ſiècle , & ſon impulſion à pluſieurs ſiècles après lui.
On le flatta ſans doute pendant ſa vie ; ces voûtes ont mille
fois , depuis ſa mort , retenti de ſon éloge : mais gardons-nous
d'ôter aux Princes qui voudront aſpirer à la gloire , l'eſpérance
qu'elle ſoit éternelle , & ne les refroidiſſons pas pour elle , en
oſant dépouiller ceux qu'elle a couronnés. Je lui apporte donc
ici mon foible tribut. Je viens de viſiter les frontières du
Royaume ; & j'ai marché par-tout ſur les traces de ſa grandeur. Par-tout des ports, des places de guerre, des arſenaux,
de grandes communications ouvertes ou méditées , atteſtent qu'il
poſſédoit cet eſprit de ſuite & de prévoyance qui eſt ſi ſu-
périeur à l'eſprit de conquête , & qui a manqué à tant de
Conquérans. On a toujours parlé du poids des dettes ſous lequel il nous laiſſa accablés ; mais on n'a pas aſſez mis en com-
penſation tous ces grands établiſſemens , toute cette force réelle ,
puiſqu'elle eſt néceſſaire , dont il nous a enrichis. Enfin , les
Poëtes & les Peintres de ſon temps l'ont toujours repréſenté
ſous l'emblême de Jupiter tonnant ; il eût mieux mérité leur
apothéoſe ſous celui de Jupiter conſervateur.

Mais , ce qu'il m'eſt bien plus doux de célébrer ,
ce que les Muſes & la Philoſophie peuvent louer ſans
aucun mélange de terreur ni d'amertume , c'eſt un Souverain
qui , jeune encore , a déjà été trois fois le modérateur de l'am-
bition & le protecteur de la foibleſſe ; qui a toujours voulu
la paix , & qui n'a jamais craint la guerre ; qui maintenant ,

fans aucune vue d'agrandiffement, uniquement pour l'amour des hommes, & d'après des inftructions dreffées de fa propre main, envoye fes vaiffeaux chercher la folution de plufieurs problêmes intéreffans, & porter à des Peuples inconnus, non la foudre & des fers, mais fes bienfaits & nos Arts. Si une telle penfée devoit être conçue par un Souverain qui étonne les Navigateurs même par fes connoiffances profondes fur toutes les parties du globe, tous les détails humains & généreux, qui en accompagnent l'exécution, étoient dignes d'un Prince qui, aimant fes Enfans comme un fimple Citoyen, & fes Peuples comme un Père, voudroit étendre jufqu'aux extrémités de l'Univers le bonheur que donnent les vertus morales; & qui, déjà bon de fon propre mouvement, trouve fans ceffe, dans l'augufte Princeffe qui embellit fon Trône, la rivale & la compagne de fa bienfaifance. Ainfi, quand M. Thomas, dans ce beau monument qu'il a élevé aux mânes de feu M. le Dauphin, ofoit, comme s'il eût été dépofitaire des penfées de ce grand Prince, confeiller à l'enfance de fon fils d'aimer les Sciences & d'employer un jour la puiffance du Trône au bonheur du genre humain; il n'avoit fait que preffentir fa deftinée, & prédire ce qui s'accomplit fous nos yeux.

Je termine ici, Messieurs, un Difcours trop long fans doute. Ami des Lettres, plutôt que Littérateur, ayant toujours écrit par inftinct plutôt qu'avec méditation, il ne m'appartenoit point de difcuter devant vous ni les règles du langage, ni les principes de l'Eloquence : j'en recevrai parmi vous les leçons & les exemples. J'ai fuivi les mouvemens de mon ame; j'ai loué l'homme que j'admirois; j'ai fait fentir avec abandon la diftance qu'il y avoit entre lui & moi; je vous ai entretenus de l'amour de la gloire; c'étoit la feule qualité par laquelle je pouvois, à vos yeux, me rapprocher de mon Prédéceffeur. Peut-être, en

parlant d'elle , me fuis - je trop livré à mon enthoufiafme :
mais ce n'eft pas vous qui devez trouver cet enthoufiafme un défaut. Plus heureux que moi par la gloire , il vous
fied peut-être d'en parler avec plus de calme ; mais vous ne
devez pas l'aimer avec moins d'ardeur. Ah ! je l'adorois avant
que vous m'admiffiez parmi vous, & c'étoit-là tout mon éclat.
Combien, en entrant dans cet augufte lieu, ce fentiment s'eft
augmenté ! Il eft des penfées dont la commotion rapide & brû-
lante donne aux objets la force de la préfence , & exerce fur
l'ame tout l'empire de la réalité. Ici refpira Corneille; ici Racine
s'honora de prononcer fon éloge ; ici parlèrent Boffuet & Fé-
nelon ; ici fut affis le Légiflateur des Nations , le profond Mon-
tefquieu : mais ce dont mes propres yeux ont gravé dans ma
mémoire un fouvenir qui ne s'effacera jamais; ici Voltaire régna
fur fon fiècle : à cette place même, que les ombres de la mort
environnoient déjà, cette même Affemblée entendit fes derniers
accens , & lui rendit, vivant, tous les honneurs de l'immortalité.
Ah ! devant ces grandes images, je n'ai pas , comme Céfar, le
droit de montrer mes larmes : mais tel eft le beau privilége
de la gloire, que fon culte honore même ceux de fes adorateurs
qu'elle a peu favorifés. Noble & fublime paffion, toi qui feule
peux vaincre & remplacer toutes les autres ; toi que les fuccès
enflamment encore , & que les revers ne font qu'animer; toi
qui peux prolonger le court paffage de l'homme fur la terre,
& ajouter à fa fragile vie la durée des fiècles, fouffre donc
qu'encore une fois je me vante d'être rempli de toi ! Ah ! fi je
ne t'ai jamais auffi vivement fentie, jamais auffi tu ne m'as donné
plus d'efpérances ! Votre exemple, MESSIEURS, cette commu-
nication fréquente avec tant de talens & de Génies divers, vont
élever & féconder ma penfée. Mais quand mon enthoufiafme
refteroit ftérile , votre gloire, au défaut de la mienne, me con-

folera, & répandra fur ma vie le doux reflet de fes rayons. Oui, je le dis du fond de mon cœur, & quelle belle paffion que celle qui peut ainfi guérir l'homme de l'envie & l'élever au-deffus de la vanité! Si l'Académie fait à l'avenir des choix plus heureux que celui qu'elle a bien voulu faire de moi; fi vos chef-d'œuvres fe multiplient & m'ombragent chaque jour de nouveaux lauriers; fi la génération qui s'approche confole les Lettres de toutes les pertes qu'elles ont faites ou dont elles font encore menacées; fi, toujours le dernier & le moins connu de votre illuftre Société, mes yeux peuvent voir renaître un fiècle littéraire qui efface encore le fiècle paffé, je ne me plaindrai pas de ma deftinée, & j'applaudirai, en mourant, à la gloire dont je ferai environné.

## RÉPONSE de M. DE SAINT-LAMBERT au Difcours de M. le Comte DE GUIBERT.

# Monsieur;

Depuis long-temps l'Académie vous regardoit comme un des hommes qui devoient la confoler un jour de fes pertes les plus fenfibles. Vous avez toujours aimé les Lettres, & vous les avez cultivées avec fuccès ; vous étiez né avec trop d'imagination pour ne pas fentir leurs charmes : mais malgré les illufions dont elles enchantent la jeuneffe, vous leur avez préféré les études qui convenoient le plus à votre état ; au lieu d'ajouter au tréfor des richeffes littéraires dont la France eft comblée , vous vous êtes rendu capable de lui donner un Livre qui manquoit à notre Nation, & peut-être à toutes les autres : maître de choifir entre deux genres de gloire, vous avez choifi celle qui pouvoit être la plus utile.

Sans doute les leçons & les exemples d'un père refpectable ont dirigé vos premiers pas ; il a fortifié en vous cet amour des devoirs qui a conduit fa vie entiere : il recueille aujourd'hui le prix de fes vertus, il voit les vôtres ; & pour prix de fes fervices, il a le bonheur de rendre heureufe la vieilleffe de ces braves Guerriers avec lefquels il a combattu.

C'eft lui qui vous a tranfporté dans les camps au fortir de votre enfance : à peine avez-vous vu la guerre, que vous avez formé le deffein d'en faire une étude approfondie : vous vous êtes livré avec joie à tous les genres de fatigues dont il pouvoit réfulter une leçon ; vous n'avez pas laiffé échapper l'occafion de vous trouver aux actions qui pouvoient vous inftruire. Cette ardeur à chercher des connoiffances & des dangers, vous a fait

E

bientôt une juste réputation : & dès-lors vous vous êtes attaché avec passion à l'espèce de gloire qui s'offroit à vous la première.

Le moment où vous êtes entré au Service étoit celui d'une révolution : elle a été l'ouvrage d'un Roi qui a créé, pour ainsi dire, ses armées, ses Généraux, & l'Art de la Guerre ; il a dû à son génie une suite de victoires que le nombre, la puissance, & la valeur de ses ennemis ont à peine interrompue.

Frappé des succès de ce grand Capitaine, vous avez cherché les moyens par lesquels il les avoit obtenus, & vous les avez fait connoître dans un système complet de Tactique.

Vous établissez ce système sur les principes les plus simples & les moins contestés ; après avoir démontré ce que doivent être le choix, l'éducation, l'état du Soldat, la composition, l'ordonnance, les évolutions, les mouvemens, les armes de l'Infanterie & de la Cavalerie ; après avoir dit l'usage que l'on doit faire des troupes légères & de l'artillerie, vous développez le système de cette grande Tactique connue autrefois des Capitaines de la Grèce les plus célèbres, mais dont on avoit perdu la théorie.

Cet Ouvrage est précédé d'un Discours où vous jetez un coup-d'œil rapide sur l'état militaire de toutes les Nations, & vous voyez dans les bonnes ou les mauvaises administrations, les causes de sa perfection ou de ses défauts. Ce Discours, plein de vues & de connoissances méditées, est écrit avec toute l'éloquence qui convient au sujet.

Quand vous avez composé votre Livre, MONSIEUR, ce Livre regardé aujourd'hui comme l'un des meilleurs sur l'Art de la Guerre, vous aviez vingt-quatre ans : il obtint les suffrages les plus estimables, & ce qui les vaut tous, celui du Roi de Prusse. Quelques Lecteurs, qui confondoient l'expérience avec le long cours des années, supposèrent que vous ne pouviez avoir les lumières qu'elle seule peut donner : mais l'expérience est l'effet de l'emploi du temps, & non de sa durée. Le jeune

Guerrier amoureux de fon métier & de la gloire, qui, dans la guerre, toujours infpiré par fa noble paffion, toujours éclairé par la raifon, voit, obferve, médite, & combat ; celui qui, pendant la paix, parcourt nos frontières pour y voir les terrains fur lefquels Turenne, Condé, Luxembourg, Maurice, ont fait mouvoir leurs armées, ont préparé & remporté des victoires ; celui qui, après avoir vu dans le même efprit la Saxe, la Bohême, la Siléfie, fe rend aux camps de Poftdam, y voit les manœuvres & y entend les ordres du plus grand des Capitaines ; celui qui paffe les jours de fon repos à lire Céfar, & qui fe tranfporte avec les Hiftoriens aux champs de Leuctres & de Mantinée : voilà celui qui a de l'expérience.

Dans vos différens Ouvrages, tous les Lecteurs ont aimé votre ftyle, qui eft par-tout fimple, clair, facile, noble, & animé ; on y a remarqué des lumières nouvelles jetées fur les matières les plus connues. Vous montrez en même temps le courage de douter, & celui de faire tomber les barrières du Préjugé, par-tout où elles s'oppofent à votre marche. Vous avez une excellente méthode, le talent de bien lier les différentes parties d'un fyftême, de les appuyer l'une par l'autre ; celui d'analyfer vos idées avant de vous élever aux vérités générales ; enfin cet efprit philofophique qui peut embraffer avec fuccès tous les genres, dont la raifon doit être le mérite principal.

· Mais, MONSIEUR, la Nature vous a donné un autre talent ; qui a fait quelquefois le charme de vos loifirs & des nôtres, & que vous rendez refpectable par l'emploi que vous en favez faire. Dans l'un de vos Poëmes, vous infpirez ce noble afferviffement aux lois que l'honneur s'impofe à lui-même, le devoir d'être fidèle à fes engagemens & à fon Prince, celui de protéger le foible, enfin, cet efprit de Chevalerie qui élevoit & fortifioit les ames, & qui tenoit lieu, en quelque forte, de bonnes Lois, fi quelque chofe pouvoit jamais remplacer les bonnes

Lois. Dans un autte Poëme, vous peignez ce moment de la République Romaine, où la tyrannie patricienne préparoit le Peuple à l'Anarchie : vous y défendez, avec la fenfibilité la plus touchante, la caufe abandonnée de la juftice & du pauvre.

Continuez, MONSIEUR, de faire fervir l'Eloquence de la profe & des vers à faire aimer aux hommes ce qu'ils doivent aimer, à leur faire craindre le vice & la langueur de l'ame ; tirez nos efprits du fommeil qui menace de les engourdir. Le Philofophe, environné de l'indifférence univerfelle pour le bien public, y refte fenfible ; il effaye de détruire des erreurs ou des abus funeftes, de relever les mœurs, d'animer les efprits ; il eft révéré des âges fuivans, il l'eft même de fes contemporains, & les regrets & les éloges des hommes éclairés le fuivent dans la tombe.

Eh ! MONSIEUR, les applaudiffemens dont cette falle vient de retentir au nom de M. Thomas, ne vous ont-ils pas dit combien les hommes éclairés chériffent la mémoire de ceux dont les talens ont fervi la vertu ? Sans doute cette Affemblée applaudiffoit à votre éloquence ; mais elle étoit attendrie par le fouvenir de l'Auteur illuftre dont vous lui rappeliez tous les genres de mérite ; elle y goûtoit ce plaifir noble & pur d'entendre un homme, dont elle eftime le caractère & les talens, louer un homme éloquent & vertueux ; elle mêloit à vos hommages & à vos regrets, fes regrets & fes hommages ; elle aimoit à s'entretenir avec vous des travaux & des mœurs d'un Sage à qui elle a dû de l'inftruction, des exemples, & des plaifirs. Ces applaudiffemens ont été la voix de la reconnoiffance, & ils annonçoient le jugement de la Poftérité.

J'ajouterai, MONSIEUR, au bel éloge que vous venez de faire de M. Thomas, quelques faits & quelques réflexions qui ont dû échapper à ceux qui l'ont peu connu.

Il perdit fon père lorfqu'il étoit encore dans la première enfance ; mais il eut le bonheur d'être élevé par une mère digne de préfider à l'éducation d'un homme vertueux. Il apprit d'elle à préférer fes devoirs à tout, à ne pas fe trouver malheureux de n'être pas riche. La Nature fecondoit en lui de fi belles leçons ; & c'eft à elle, autant qu'à la réflexion, qu'il a dû fa philofophie. Ceux qui l'ont connu dans fa jeuneffe, n'ont pas été furpris qu'il ait adopté les principes de cette Secte fublime qui reffufcita quelques vertus dans la Grèce & l'Italie corrompues, & fit admirer des Traféas & des Helvidius fous le defpotifme des plus vils Empereurs. En commençant à vivre avec fes contemporains, M. Thomas fut étonné des mœurs de fon fiècle ; il vit que pour conferver les fiennes dans leur pureté, il falloit borner fes befoins, & que pour conferver fon repos, il ne falloit pas porter dans le monde ce zèle pour l'ordre & pour le bien public, qui en inquiète toujours les ennemis. Sénèque, Tacite, Plutarque, Corneille, furent fa fociété favorite ; il prit dans leur commerce l'amour de la gloire & l'habitude de ce plaifir d'admirer, qui le préferva toujours de l'envie. Ses fuccès dans fes études firent penfer à fa famille qu'il pourroit fe diftinguer au Barreau : mais l'amour des Lettres le pourfuivit au milieu des formes de la Jurifprudence. Tantôt il commençoit une Tragédie, tantôt il terminoit une Ode ; il s'effayoit dans l'Epopée, il compofoit des Harangues : fes amis étoient charmés de fes effais, & dans l'âge où le talent doute fi peu de lui-même, il entrevoyoit la gloire.

Il étoit enivré de fes efpérances, lorfque fa mère vint le trouver & lui reprocher d'oublier l'étude des Lois. Comment pouvoit-il négliger les moyens de parvenir à une fortune qu'il auroit partagée avec elle & avec fes autres enfans ? Elle verfa quelques larmes. M. Thomas les vit couler. Il raffembla tous fes Ouvrages, il les jeta au feu en préfence de fa mère, & les vit brûler en fondant en larmes. Il n'a jamais fait de facrifice qui lui ait autant couté. Mais il a dit, & il faut l'en croire, que le fouvenir de cette action avoit été, pendant toute sa vie, le plus délicieux de ses souvenirs.

Sa mère lui permit depuis de se livrer à ses goûts ; mais il eut d'autres occasions de sacrifier encore à la vertu, l'espoir d'une grande réputation, & il ne les laissa point échapper. On l'a vu même se refuser les dépenses nécessaires au rétablissement de sa santé, pour faire élever à Paris un jeune homme qui promettoit des talens.

On peut croire que si M. Thomas savoit sacrifier à la vertu, & des Ouvrages qu'il estimoit, & cette santé sans laquelle il ne pouvoit mériter la gloire, il lui en couta peu de lui sacrifier les honneurs & l'espérance d'une fortune.

On l'avoit placé dans un poste honorable auprès d'un Ministre qui lui marquoit de la confiance & même de l'amitié ; mais ce Ministre attribua une plaisanterie qui répandoit du ridicule sur sa société, à un homme de Lettres, aujourd'hui l'un des Membres les plus illustres de cette Académie. M. Thomas étoit son ami, & connoissoit son innocence ; on en pouvoit donner des preuves ; mais il auroit fallu perdre les vrais auteurs de la plaisanterie, & l'ami de M. Thomas ne put y consentir. Le Ministre, pour empêcher d'entrer à l'Académie un homme de Lettres dont il croyoit avoir à venger sa société, voulut engager M. Thomas à demander une place qui vaquoit ; il ne put l'y déterminer, & fut mécontent : il ne renvoya pas M. Thomas, si c'est ne pas renvoyer l'homme de bien qu'on a aimé, que de le traiter avec indifférence. M. Thomas demanda la permission de se retirer.

Depuis ce moment, il craignit plus les Protecteurs que la pauvreté. Il sembloit croire qu'on ne lui offroit des services que pour le corrompre ou pour l'asservir, & il pensoit que pour conserver l'équité dans ses jugemens & dans sa conduite, il falloit rester libre. Il eut depuis des amis puissans, dont les services, qu'il ne sollicita jamais, lui procurèrent une aifance qui fuffifoit à fa frugalité, mais qui ne fuffifoit pas tou-jours à fa bonté. Ses actions vertueufes n'étoient pas des faillies, parce que fes vertus étoient des habitudes. C'eft dans le cours entier de fa vie qu'on l'a trouvé jufte, noble, définté-reffé, bienfaifant, foumis à tous les devoirs d'homme, de parent, de citoyen, & d'ami.

Il ne fut jamais d'aucun parti, à moins qu'on ne donne ce nom à un nombre d'hommes qui, fouvent inconnus les uns aux autres, font naturellement les ennemis des détracteurs du mé-rite & de tous les genres d'oppreffeurs, qui, fans fe commu-niquer leurs fentimens & leurs penfées, font perfuadés des mêmes vérités, & font les mêmes vœux pour les progrès de la raifon.

Si M. Thomas ne montroit pas toujours dans l'amitié une extrême fenfibilité, il y portoit toutes les attentions, tous les foins qu'on peut attendre d'un efprit fortement occupé ; fon commerce étoit égal : fon ame pure ne craignoit pas de fe laiffer voir ; mais elle s'épanchoit rarement. Il avoit un ton de décence qu'il ne devoit pas à l'ufage du monde, mais à l'élévation de fon ame ; fa vie ordinaire, fes manières, fes expreffions avoient de la dignité : il dédaignoit ces louanges & ces hommages que la vanité recherche avec tant d'empreffement & fi peu d'art ; il ne connut pas les petites paffions, & il a même échappé à ces goûts, à ces foibleffes qui ont été fi fouvent accompagnées des vertus & de la gloire : c'eft l'amour de la liberté, l'amour de l'ordre, de la Patrie, de la vertu, de la gloire enfin, qui ont été les paffions de M. Thomas.

C'eft à fon caractère qu'il a dû le genre, les beautés, & même les défauts de fes Ouvrages. Quel fujet pouvoit tenter l'adora-teur du mérite autant que l'éloge des grands Hommes? Quel devoit être le plus beau de fes éloges? Celui du Héros dont la philofophie & les mœurs avoient tant de rapports à fes mœurs & à fes principes, celui de Marc-Aurèle. C'eſt ſon ame qui a imprimé à ſon ſtyle cette élévation continue qu'on lui a reprochée. Le déſir de donner à l'homme le ſentiment de ſa dignité & de ſes droits, de faire naître l'amour de la gloire, de ſoumettre par - tout la force à la raiſon, de cen-ſurer l'injuſte libéralité des Cours & leur faſte puéril, de rappeler le règne de la juſtice, devoient ſouvent ramener en lui les mêmes idées, lui dicter les mêmes tours, lui inſpirer le même ton. Mais qu'il eſt difficile de ſoutenir ce ton avec autant de nobleſſe! Quel homme, dans ce ſiècle, a donné autant de dignité à la Philoſophie? On lui a reproché de n'être pas naturel, parce qu'il ne reſſemble à rien de ce qu'on a vu : il n'a ni l'éloquence de Cicéron, ni celle de Boſſuet ; mais il a peut - être celle qui auroit convenu à Caton d'Utique : il n'a point ce caractère national, ce caractère françois, dont on reconnoît l'empreinte dans les Ouvrages de nos meilleurs Ecri-vains; ſes ſentimens & ſon ſtyle ſont à lui; s'il ne s'abandonne pas, s'il ne s'élance jamais, ſi ſa marche eſt égale, elle eſt rapide, & on le ſuit ſans s'arrêter. S'il eſt des Ecrivains qu'on aime davantage, parce qu'ils ont l'expreſſion d'une ame plus tendre ; il en eſt peu qu'on admire auſſi ſouvent : il n'a pas l'éloquence qui s'inſinue, mais il a celle qui commande, & on ſe ſent diſpoſé à lui obéir. Il ſera cher à jamais aux ames nobles & pures, qui lui rendront toujours une eſpèce de culte, parce que c'eſt en rendre à la vertu.

Cette idée eſt la conſolation de ſes amis ; mais ils peuvent en recevoir une plus douce encore, c'eſt de penſer qu'il a été heureux. Dans les momens où le ſouvenir nous rapproche de ceux qui nous étoient chers & que nous avons perdus, nous aimons à nous arrêter ſur les inſtans les plus agréables de leur vie. L'image de leurs plaiſirs qui ſont paſſés avec eux, mêle à nos regrets un ſentiment doux & tendre, & nous nous affocions encore pour un moment au bonheur d'un ami.

La paffion de M. Thomas pour les Lettres, l'a fait vivre environné des chef-d'œuvres de l'antiquité & de ceux de notre âge ; elle l'a délivré du poids du temps, & de ces befoins factices, de ces petites paffions qui corrompent & tourmentent les hommes ; il a joui toute fa vie de fa conf cience & du plaifir de perfectionner fa raifon. Peut-être fon amour pour la gloire lui a-t-il donné des inquiétudes ; mais elles ont été paffagères : ni les critiques, ni une forte d'indifférence que le Public a eue quelquefois pour quelques-uns de fes Ouvrages, n'ont altéré fa férénité ; perfonne n'a mieux diftingué que lui l'opinion du moment, de l'opinion durable. La première, dans une Ville immenfe, où l'efprit de fociété eft porté à l'excès, fe forme dans une claffe de Ci toyens qui examine rarement & difcute peu : les membres de cette claffe, ayant choifi l'imitation comme un moyen de plaire, cherchent à fe reffembler par les penfées comme par les manières. Plufieurs d'entre eux font intéreffés à maintenir ou des abus ou des erreurs, & enfin cette opinion eft pref- que toujours l'ouvrage du hafard ou de l'intrigue audacieufe, de la charlatanerie ou des intérêts perfonnels.

L'opinion durable qui prend fa naiffance dans la raifon des hommes éclairés, eft fouvent combattue au moment de fa naif- fance ; elle trouve par-tout des préventions ou des chimères, des fyftêmes paffagers & de convention : cette multitude qui prononce à haute voix des jugemens que quelques importans lui ont dictés, réfifte long-temps à la voix des Sages, même après avoir foupçonné qu'elle leur annonçoit la vérité ; & l'opinion ne devient générale & durable, que lorfque la dif- cuffion & le temps ont préparé peu à peu les efprits à mar- quer aux hommes, aux actions, & aux Ouvrages, la place qu'ils conferveront toujours.

M. Thomas ne prit jamais la vogue pour la gloire ; & le bruit de la mode pour la voix de la Poſtérité : il eut pour lui les ſuffrages de ſes Concitoyens les plus illuſtres ; ceux de l'Etranger, chez qui ſes Ouvrages étoient traduits & admirés, ceux des Voyageurs diſtingués, qui, avant de quitter la France, vouloient l'avoir vu.

Sa paſſion pour la gloire a donc contribué à ſon bonheur ; mais ce qui l'a rendu le plus heureux, c'eſt le choix de ſes amis. Les plus grands charmes de l'amitié ſont réſervés pour des amis qui marchent enſemble dans la carrière de la vertu ; ſeule carrière où l'émulation ne peut être accompagnée de jalouſie, où l'on trouve des compagnons & jamais de rivaux, où ceux qui ſe rencontrent ſe tendent mutuellement la main pour s'aider à parvenir enſemble au même but, y jouir mutuellement de leurs perfections, & s'unir plus fortement par des ſentimens que la mort ſeule peut éteindre. M. Thomas avoit mérité l'attachement d'une famille eſtimable & de ſes domeſtiques, qu'il ne faut pas oublier, puiſqu'il les aimoit & qu'il les rendoit heureux. Peu de temps avant de mourir, il a vu la convaleſcence d'un ami : ſa maladie n'a été accompagnée ni d'inquiétude, ni de triſteſſe ; il a fini plein de confiance en la Divinité, & perſuadé que le moment de ſa mort étoit celui de ſa récompenſe.

www.ingramcontent.com/pod-product-compliance
Lightning Source LLC
Chambersburg PA
CBHW060843180626
46818CB00004B/1558